미안하다 산세베리아

예술가시선 07

미안하다 산세베리아

초판 1쇄 발행 2015년 10월 15일

저　　자　금희
발 행 자　한영예
펴 낸 곳　예술가

주　　소　서울특별시 송파구 문정로13길 15-17, 201호
등　　록　제2014-000085호
전　　화　010-2030-0750
전자우편　kuenstler1@naver.com

ⓒ 금희, 2015
ISBN 979-11-953652-7-2 03810

이 도서의 국립중앙도서관 출판예정도서목록(CIP)은 서지정보유통지원시스템 홈페이지
(http://seoji.nl.go.kr)와 국가자료공동목록시스템(http://www.nl.go.kr/kolisnet)
에서 이용하실 수 있습니다. (CIP제어번호 : CIP2015027921)

미안하다 산세베리아

금희 시집

2015

시인의 말

달을 지운다 손끝으로 문지르면 달이 묻을까봐
후후 불어서 지운다
고운 가루가 날아와서 들숨으로 들어갔다
몸이 으슬으슬 춥다 겨드랑이에 손을 끼우고 들어왔다

내일 남은 달을 지우리라 지우리라

자꾸 달을 그려 넣는다

2015년 초가을
금희

미안하다 산세베리아

차례

시인의 말

제1부

제2부

제3부

제4부

제1부

들통

푸른 잎사귀 뒤에

숨은 초록 벌레

빗방울이 투둑

인사처럼 반짝 뒤집는 통에

외박外泊

언니, 목련을 봤어
버스를 타고 한참 저문 밤을 오다가
저문 밖을 내다보던 목련이
봉굿이 부풀어 오르는 속으로
들어가 버렸어, 내가
아니 아니,
내 속으로 목련이 들어와서는
봉굿이 벙그는 거야

그러니 언니
내 맘이 어땠겠어?
내 견갑골들이 횡격막이 갈비뼈들이
다 벙글어지더니
심장이 꽃술이나 된 듯 두근거리지 뭐야

아, 언니
어쩌면 좋아
밖에는 밤이 깊고

14

별들이 총총히 내려다볼 텐데
저 밖으로
아니, 저 밖이 내 안으로 몽땅
쏟아질 것 같아 어쩜 좋아

그러니 언니
오늘은 목련에게서 자고 갈래
목련이 지어놓은
환하고 둥근 잠
석 삼일 치만 자고 갈게

미안하다, 산세베리아
—레게 풍으로

지난겨울 보일러가 꺼진 방에서
산세베리아가 동사했다
문을 열자 황달기에 말갛게 부은 몸이
물컹, 녹아내린다
잿빛 곰팡이가 구석구석 박힌 노래를 닦으며
손바닥만 한 창문을 연다

저기 솟은 해가 뚱뚱해 뚱뚱해 뚱뚱해
바퀴벌레 쥐며느리 동장군은 비겁해 날렵해 홀쭉해
고향의 노래를 불러줘 검은 땅과 비릿한 풍요에 감사해
열대에 풍만한 바람을 기억해 물큰한 향기를 들려줘

혈관을 타고 흐르는 저 이글대는 열대의 혈액
일렁이는 파도의 싯푸른 이빨로도 다치지 않는
야이야이야이야 허 이야이야이야이야 허

빛나는 야생의 나팔 번뜩인 포효하는 별빛
뜨겁게 달리는 전사의 함성이 멈추지 않게

그치지 않는 태양의 노래를 기억해 불러봐 들어봐
야이야이야이야 허 이야이야이야이야 허

늙은 벽지가 일어선다
발바닥을 타고 오는 냉기를 서둘러 빠져나온다
미안하다, 오늘 자 신문지에 싸서 버린
내 청춘 아프리카 한 포기

참새구이

1

짹짹대지 마
내 혈관을 흐르는 백만 볼트 전류를 싸고 있는
얇은 이성의 피복을 믿지 마
아직은 바람의 신문조각 같은 웅성거림도
장대비 쏟아지는 신파도 웃어넘길 수 있지만
네 소유의 번개가 감성인 양 번쩍댄다면
너를 새까맣게 쥐새끼처럼 던져버릴 테니까

2

눈 맑은 소주잔을 비우며
참새인지 병아리인지
알량하게 붙어있는 살점을 뜯으며
지은 웃음에서 단내가 난다

불 꺼진 가로등 전봇대 아래에서
씹어 삼킨 날개가 퍼덕거려
모두 놓아주었다

달빛도 벼락같이 밝고
모란 꽃등마다 눈 밝히고 섰다
세상 참 환하다

세탁새 날다

(9시가 새벽 미명인)
신문배달 오토바이가 다녀가고
쓰레기 봉지들 도둑고양이에게
물려가듯 청소차에 실려 가고
응달 이은 담벼락 아래로 명랑한 등교
남은 은행알처럼 굴러가는 아이들
한차례 지나가고
모퉁이 비질한 슈퍼 앞
생활정보 몇 페이지를 읽던
이파리 몇 닢
쿨럭거리는 소리들이
세 들어 사는 골목

헌옷수거함 쪽에서
차고 맑은 구름으로 주름진 낯을 씻는
감나무 곁으로

세에~탁

세에

탁!

(탁!탁!탁!)

홍시 쪼는 새

가끔, 물고기

아파트 20층에서 보면
가끔,
정말 드물지만
새가 물고기처럼 헤엄치듯 날아갑니다

그러면 차차
어항 속에 있는 것이 나인 듯
이상한 착각이 들곤 합니다

무언가 올 듯 찌뿌둥한
새 한 마리 날지 않는 날엔

그 물고기
아니 새가 그립습니다

나의
창은 이렇게 작고
밖은 저리 넓은데

새가 날아올 리 만무인데 말입니다

날개를 펼치지도 않고
새가 헤엄쳐 간 발자국 따라
가만 손으로 짚어 봅니다

비가 온 곳을 다녀왔는지
발자국마다 흥건합니다

어쩌면 어항 속에서 보는 것들은
모두 물기를 머금기 때문인지 모르겠습니다

둥지느러미가 바로 섭니다
오늘은 새가 날아간 곳으로 다녀와야겠습니다

맑은 날을 동무해주러
날갯짓하는 법도 깨우치러

달빛 수거미

네 주위를 공전하는 동안에도
나는 자전을 한다

내가 뒤척이는 공간만큼의 거리
그 허공에 길을 만들기 위해
날마다 위성을 띄우고 타전을 한다

너에게 나는 불꽃으로 타오르는
하루살이, 나방 그리고 목청의 깃을 세워
사랑해 사랑해 사랑해 외쳐대는
매미와 다를 바 없지만

가슴에 돋는 울음가시, 날 세우는
네 손끝에 봉선화 물들이고 싶어

발바닥으로 발바닥으로 만드는 길
드디어 네게 가 닿는
그 황홀하고도 시린 불꽃

와그작 와그작 씹히는
잘 여문 석류알 터지듯
네 산고가 흔드는 머리채에
궤도를 이탈한 내 영혼

몸이 부푼다 지구보다 크다 달보다 멀다
아! 어딘지 모르겠다

빈집

바람이 잘 발라먹은
남은 가시 안쪽

캄캄
허기가 여적 살아
퀭한 눈동자
빈 문고리 잡고 흔들리는

오랫동안 입을 열지 않아
말을 잊은

하품처럼 오후가 지나갈 때
노릿하고 재릿재릿한 입냄새가
퍼지기도 하는

쭈글쭈글한 햇살이
마실 다녀가는

비행예보를 말씀 드리겠습니다

아침나절에 쌀을 안치다가
창 너머 잠자리를 봤습니다
어, 어라?
여기는 20층이란 말이지

새삼 20층을 곱새기며 다시 봐도
잠자리 맞습니다
코스모스와 함께 가을 들녘의 풍경을
여러 번 확인합니다
기억은 고집과 함께 자랐나 봅니다

잠자리가 왜
이 창가를 지나가는지 알 수 없습니다
한 마리면 잘 못 본 것일 테지 할 텐데 말입니다
서너 마리 지나갑니다

나비도 높이 날아오를까 궁금해집니다
네이버에 물어 볼까요?

나비는 잠자리는 새들의 먹이가 아닌가?
각오한 날갯짓인가?

날갯짓도 없이 떠다니는 잠자리를 보면서
높이 나는 새가 멀리 본다는 글귀를 떠올리면서
잠자리의 정체가 궁금해집니다

손가락만 한 잠자리가
엘리베이터도 없이 딛고 올라온 20층 높이가
무너질까 아슬아슬한데

저 쓸쓸한 비행이 다른 차원으로 건너가는 길인 듯도 하여
비행의 끝까지 가보고 싶어집니다

나와 잠자리 사이에
강이 흐릅니다
물살이 사납지 않으니 깊고도 깊은 줄 알겠습니다

젖은 날개를 번데기 옷 안으로 다시 구겨 넣고
아침을 차리러 갑니다
강 저편으로 가는 뱃삯은 잠시 후에 준비하겠습니다

아직 해가 중천으로 가기 전입니다

소곤소곤 마당

다시
마당에 살구나무 한 주 심고

거기
겉껍질과 속껍질 사이
물관을 지나
잠시만 있다가 오자

거기서
태고의 심장처럼
맑은 물소리를 원 없이 듣다가
아프게 두근대는 심장 소리나
원 없이 들려주다가

울음을 그친 옹이에게
고맙다는 말 한마디만 하고 오려

그 여울을 읽어낼 수 있을까?

새잎으로 돋는 귀가 열리는 시간을 알 수 있을까?

가만가만
시간이 잠든 근방이다

마당 가득 고요를 널어놓고
너를 듣는 시간이야

바람도 잠시 등을 대고
아직 심지 못한 살구나무 한 주
마당이 먼저 가서 기다리고 있는
이른봄

습관

세수를 한다.

허울 한 겹 벗겨낸다

살 속에 가지런한 뼈를 만진다

누에고치처럼 말간 생각의 타래를 감는다

이마에서 관자놀이를 지나

눈동자가 흘러내린 자리, 동그란 그늘을 본다

코에서 물렁뼈를 발라낸다

향기는 청띠신선나비의 납작한 날개다

귀를 비빈다

소라껍데기가 남는다

바다 소리만 남는다

광대뼈를 지나 늘어진 볼을 뭉텅 버리고

남은 이빨들을 차례대로 만진다

소리의 뼈만 남은 피아노 건반이다

단단하고 질긴 입술을 잘근잘근 씹는다

오래된 사원을 한 계단씩 내려온다

갈비뼈 즈음

이제 막 이가 돋은 초승을 만져본다

코를 풀고 물기를 닦는다
화장실을 나온다

종종 불 끄는 걸 잊어버리는 날이 있다

치통

민달팽이 들어왔다

한 잎 두 잎
방바닥의 온기를
침을 묻혀가며 센다.
야금야금 소리도 없이 집이 쓸려
작아진다

종이에 받혀 밖으로 던진다
방바닥에 묻은 물비린내를 닦는다

공복으로 부푼 박꽃이 휘영청 밝으면
초승 망새로 멋을 내던 시절
이엉을 이은 오래된 지붕에는
이무기가 살았다고 한다

달팽이집을집시다아름답게집시다
점점작게점점작게점점크게점점크게

달팽이 집을……점점……점점……

잠을 들락거리는 꿈
문 안과 밖으로 어두웠다가 환해지는
비몽사몽의 겨울밤

편애는 나쁘다

시인은 편애를 일삼는 족속이다

슬리퍼를 슬슬 끌며 달에게까지 걸어갔다 돌아오면
이내 몸에는 달이 들었다가 나간 자리가
모래 위에 발자국 모양 찍혀 있고
안개 낀 서해의 비린내처럼 달내를 묻혀 돌아오곤 하고
들어섰던 자리에 아직도 내가 마르지 않는
달방석 하나 오래도록 떠 있곤 하지 않던가

또 구름이 슬슬 문지르고 다니는 밤에는
썰물이 밀려나간 밤바다에 온 것 같아
백석이 지중거리며 걸었다던
바닷가를 나도 걸어보기도 하고
낮 동안 구름이 한 점도 없던 날에는
가마솥에 초두부가 몽글몽글 피어오르듯
몇 점이고 구름들이 몰려와
그을려서는 안 될 무엇이라도 있는 양
마음 한 편을 가려주곤 하지 않는가

편애는 옳지 못하다
사방에서 꽃들이 곤혹스런 질책으로 필 때
참으로 그렇지 않다고 애써 웃어주지만,
고쳐 보려고도 하지만

아직 나의 연애는 날마다 새로워
슬쩍 곁눈을 판 후에는 더욱 사랑하게 되니

편애하는 것들이 많아서
세상 것들과 다 연애하는 카사노바처럼
나는 어느 때나 그 경지에 이를까?

오늘 하루는 바람에게 활짝 방을 내어 주고
달빛과 연애하는 개울가에서 희뜩이다가 올까 보다

종찬
—영화 '밀양' 이런 사랑도 있다

이른 봄날, 그녀가 왔다

눈꽃처럼 슬픈 뒷모습으로 왔다

사라질 듯, 사라질 듯한 걸음으로

꿈속에서도 꼭 그렇게 걸어가는

빛이 가득한 우산을 받쳐주고 싶다

꽃무늬 환한 양산으로 어깨그늘을

가려주고 싶은 그녀다

그녀는 눈물의 강 쪽으로 들어섰다

거기 주인 없는 배를 타고 흘러갈 모양이다

내가 할 줄 아는 건 배를 미는 일

배를 타고 유행가 가사에서

제일 구슬픈 노래를 불러주는 일

그녀가 운다

강물이 흘러간다

노을

입맞춤이 하고 싶은 날이다
입맞춤만 생각하는 날이다

촤르르 촤르르
마당에 다다랐을 때

나무를 끌어안고 물방울이 되었다
나무가 산소를 불어넣는다

긴 입맞춤 끝에 해가 이울어
다시 발돋움하고 본다

제2부

나비, 봄을 잃다

펴다
접다
다시 펼쳤다
접었다가

나비가 날아간다

폈다가
접었다가
다시 펼쳤다가

날아간다

꽃잎에 넋을 잃은
봄날 한 자락

초승

날마다 달을 기르느라
손톱이 자란다
달의 처마 늘인다

길 잃어
자꾸 따라오는 달을
일 년 열두 달
품고 다니시던 어머니

처마에 깃들어 사는 그녀의 산실에
복숭앗빛 초롱 켜지고

아!
손톱 밑으로 찌르는 가시 끝도 밝아져
고름들 한꺼번에 쏟아질라

생전의 어머니
달빛 끝 가위로 자르시더니

반달무덤으로 드신 후에도
아직도 자라는 달을 잘라내고 계시나

똑깍!
달이 올랐다

손톱 끝 봉숭아 물빛
꼭 그만큼 남은
어머니

부평

"목요일 이사한다."
전화를 끊고
목소리를 따라
골목길로 들어선다

개복사꽃 붉게 피던 기와집
늦봄이 환하던 어귀를
오래 지나와
반쯤 열린 철대문

겨우살이 봄철마다 달고 있어
어느 해인가 2층 계단 앞 창을 두드리던
라일락, 꽃 피기 전에
가지치기해 주고 싶던 이른 봄도
서성대고 있는 마당

"언니, 뭐해?"
시린 손을 주머니에 들이밀 듯

허기진 자세로 문을 밀면
뜨끈하게 새로 지은 밥 위로
김도 한 고봉 얹혀 피어오르던
언니,
거기 그렇게 서 있는

이른 봄에서 늦은 봄까지로 이어지는
계단을 오르는
내가 있는 그 집으로

개복사꽃 피던
봄날 한철이 이사간다

능소화

저
주홍이
주루룩

상한 심장
허파
간
쓸개

저 속엣말이
선홍

달밤 1

낮 동안 따 모은 햇잎으로
희득희득 웃음소리
흐르는 냇가를
쏙독쏙독 잘라먹고
사는 쏙독새야

그 쌉싸름하게 쌈 싸먹는
달맛이 달근하더냐
더러는 목에 걸려 가슴을
탕탕 두드려 보느냐

어둠도 새파래지느니

달밤 2

당신이 떠나고
상처 여며주던 단추 하나
떨어졌습니다

칼날 같던 당신이 떠나고
하얗게 뿌려지던 눈발이
소금기처럼 가슴에
스며들었지요

사각대던 싱싱한 웃음기와
디딜 때마다 푸른 잎이 돋던
발자국은
그 자리에 주저앉아
뜨거운 입김에도 펴지지 않는
주름이 되었습니다

아직
환하게 피어있는

당신을 지우지 못하는 것은

풀물 들어버린 발이
당신이 준 푸른 입김을
기억하고 있는 탓입니다

노을처럼 그대 얼굴이
저녁하늘에 걸리고
파도처럼 일렁이는 손짓에도

오이꽃 같은 달이 뜹니다

살구꽃 어스름

살구나무 발치

빛을 구휼하는
그림자들
붐비다

살구꽃잎
우물에 닿으려

木佛藏經(혹은 目不藏經) 1

인천에서 50번 일산행 버스를 타고 오다 보면
죽어서 경전이 된 나무 한 그루 서 있다
죽어서 꼬불꼬불 살아있는 것들의
먹이가 되고 집이 된
등신불 한 그루 서 있다
온몸 목판에 뼛속까지 새긴 활자를
탁본이라도 하려는 듯 바람이 불기도 하지만
구름이 들어 애써 몇 자 읽고도 가지만
삶의 뒷간을 엿보았다는 듯
하늘만 새파래져서 다 보고 있을 뿐
눈 어두운 버스가 슬쩍 지나쳐도
창밖으로 외면한 얼굴들
그저 하늘이 파랗다고만 한다

木佛藏經(혹은 目不藏經) 2

문둥병 걸린 아내의 눈썹을 찾아 주겠다고
초승달이 뜨는 밤마다
하늘에 사닥다리를 건다는 사내 이야기

은하수의 사공이
견우직녀를 안타까이 여겨
배를 건네주다가 우주 열락에 갇힌 이야기
그 사공의 아내가 까막까치가 되었다는 이야기

지금도 벌벌 떨게 한다는
눈 어두운 별가사리가
낚싯줄에 새끼별을 미끼로
큰 별들을 잡아간다는 이야기
이제 몇 안 남은 큰 별들
스스로 유배 길에 오른다는 이야기

팔 없이 튼튼한 두 다리만으로도
물지게를 져 나른다는

사하라 사막의 거인 이야기
누군가의 꼬임에 넘어가
저승의 강을 건너간 팔을 찾겠다고 떠난 뒤
비가 오지 않게 되었다는 이야기

저 우주 끝에
한번 먹으면 목마르지 않다는
황금의 나라가 있다는 말에
모두 지구를 떠난다는 이야기
아무도 살지 않게 된다는 이야기

떠난 이들 우주 고아가 된다는
가난한 짐승들 서로 등을 핥으며
오래오래 행복하게 살아간다는 이야기

하현 1

저, 환한 발자국 좀 봐!

굳은살이 반질반질하다 못해 빛나잖아
하늘을 딛고 외발로 겅중거리다니
아직도 사방치기 하던 골목을 기억하나 봐

저 발자국에 맞춰
나도 뛰어볼까
이렇게 외발로 뛰어볼까

달무리 지는 밤 목욕탕에 들어앉아
굳은살이 박인 발을 잘 불은 발뒤꿈치를
쓱쓱 돌로 닦아볼까

아!
달과 손잡고 외발로 겅중거리는 밤
달님이 벗어놓은 고무신 한 짝
다 닳아지고 있으니

그믐

아무래도
수척한 미소

이쪽 뺨이 밝은 달이
부끄러워

오늘은
꾹 다문

환하게 떠올랐던 말들이
내려간 호수나 강 쪽으로

떠올랐다 가라앉는
비릿한 비늘들

하현 2

그녀의 기울어진 어깨가 흘러내린다

좁은 어깨 왼쪽으로 멘 가방
오른쪽 어깨는 늘 숙이고 있다

그녀가 가방을 메지 않을 때
기우뚱거리는 이유다

가방은 잠겨 있을 때도 있지만
때로는
대청에 걸터앉아 발을 흔들며
하늘을 향해 열리곤 한다

별똥별 하나 내려앉듯
가방은 숙명처럼 그녀의 유목을 따라
낙타처럼 순하게 짐을 진다

수평을 견디는 그녀의 가방 속

꽃잎이 수두룩하다

꾹꾹 눌러 담아 두었던 구름
한 조각 펼쳐 야영하는 밤
비어져 나온 빗 하나 툭, 떨어진다

구름요 위에 앉아
짧아진 머리카락을 빗는다
못다 한 빗질 끝에서 바람이 서성댄다

헐렁해진 가방에서
밤이 흘러나온다

가까운 강물이 다 내려와 있다

하늘에 떠서 멀어지는 꿈을 꾸었다

수술 手術

뒤란 쪽으로
너는 작약을 심고 싶다고 했지
앞마당이 훤히 보이는 방에서
비 듣는 날이면 대청마루께까지 문을 활짝 열어젖히고
흥얼거리는 빗소리에 장단을 맞추겠다고 했지

분명, 멀지 않은
마당 한쪽 가장자리로
작은 연못에 꼭 맞는 작은 물고기가
꽃잎 지느러미를 흔들고 있을 거야
연못 속 물방개, 물맴이는
토란에서 떨어져 내린 빗방울이든 눈물방울이든
마당 가득 하얗게 조약돌을 깔아 놓겠지

너의 심장 속으로 들어간 손이 아직 따스해
아랫목으로 이불 한 장 깔아 놓았어

네가 없는 빈방에는

거미들이 그물을 자아
너를 잡으려고 할 테고
네가 넘어야 할 문지방은
엎드린 어깨를 자꾸 들썩거리고
기둥들은 숯이 되도록
가쁘게 숨을 쉬어야 할 거야

너의 갈빗대 하나
내게로 들어온 적 있다는 말
네 빈방에 들어가 보고야 알았어

이렇게
다녀가는 날 말고 너 있는 날
비 주룩주룩 맞고 네게로 간 날
살구가 일제히 마당을 밝히는 날에 말이야
네가 김이 모락모락 나는 나를 안아
입맞춰 줬으면 좋겠어

빈방에 들렀다 가
너 들어오는 날 심을 채송화 꽃씨
한 봉지 두고 가

빗소리

구천 가닥 현을 무릎에 올려놓고
구천 가락 마디마디 곡을 칠 터이니
곱사등이 꽃잎은 나비가 되어라

구천을 도는 구름처럼 그대는 오라
구곡간장을 타는 갈증을
짝실짝실 적시어서 앙금앙금 타 보리라

빗겨 앉은 돌밭에
말랑거리는 속씨들이 싹을 틔운다
오, 사방 단단한 석질 터지는 소리

목재단지를 지나며

장마가 길다

13번 버스를 타고 가다
체온조차 잊은 듯
켜켜이 누워 온전히 비를 맞고 있는
산송장을 목격했다

풍요로운 햇볕에 구릿빛 얼굴 달빛에만 베이던 열정, 세
상을 향해 솟아오르기만 하면 되는 줄 알았어 새소리 원
숭이 소리 푸드덕거리던 원시생명을 조롱하며 개미의 행
렬과 계절의 질서로 살찌는 젊음이었어 톱날 가르는 성
장의 아픔도 누군가의 책상으로 의자로 아름다운 이들의
도구로 쓰이길 의심치 않았지 바다 넘어 고향을 떠나는
멀미도 잠시, 향유를 발라 빛나는 몸매가 자랑스러웠는
데 뇌사하는 달콤한 우유는 영혼을 녹슬게 하는 푸른곰
팡이일 뿐이야

우산을 놓고 내렸다

올 장마는 유난히 긴데

툴툴

비를 털며 앞만 보고 가는 버스!

봄

구름 한 점 기웃합니다

세상에 숨겨진 많은 이야기가 그렇듯이
세상을 등진 무수한 사연들이 그렇듯이

골목을 들어서는 낡은 리어카에는
접혀진 폐지들이 두서없이 포개어 있습니다

구부정하게 올라가는 길 끝으로
언덕을 기대고
복숭아나무 정자 한 주 서 있습니다

골목을 걸어오는 취기가 나지막하게 한 잎
늙은 개의 걸음으로 어슬렁거리는 허기가 한 잎
거미줄에 열린 둥근 물방울이 한 잎

비릿한 코를 닦은 소매처럼
까뭇까뭇 반질반질해진 계단이 한 칸

오르락내리락 무수한 허공이 기록된 방이 또 한 칸
고양이 외발자국 낙인처럼 올려진 마루가 한 칸

여기는 도화동입니다

제3부

나비처럼 날다

내 마음밭이 온통 허공이라고 치자 그 허공에도 어느 해
인가 봄이 오고 햇살이 몸을 비벼가며 허공을 채우기 시
작했다고 치자 그리고 시커먼 고목이 되어버린 나무 한
그루에서 잠에서 깬 듯이 꽃잎인 듯이 노랑나비 하나가
살포시 떠올랐다고… 봄은 이내 갈 테지만 그 봄빛에 어
울리는 노랑나비로 사라질 테지만 그 나비의 날개 위에
마음 둥실둥실 떠오르고 세상의 중력에도 발꿈치를 사뿐
히 들었던 그 순간이 있었다고… 봄은 사라지지 않고 날
갯짓 하며 날아간다고 치자 사라지지 않는 것은 다시 돌
아오더라고 그렇다고 치자
다시 돌아와 고목에서 꽃이 피어나듯 꽃잎이 피더라고,
간절히 바라면 전설이 살아오는 듯이 꽃잎이 날리더라고

꽃잎이 허공을 딛는다 허공이 향기로 부푼다
봄을 기억하는 마른 가지들 젖는다

시詩

너는 내 옹색한 변명이다
내 편을 들어주지 않는 세상에서
내게만 기울이는 청중이다

너는 내게 눈물이다
마음 상해 터져 나오는 신음이다
거기에 덧칠하는 빨간약이다

너는 초음파 사진이다
이성과 감각으로 짚어내지 못한
속으로 곪은 것들의 출처를 밝히는 내시경이다

너는 아직 퍼내지 않은 우물이다
달빛도 별빛도
바람 소리와 댓잎 소리도
한번 듣고 응답하지 않은 고요다

너는

이제 곧 터져 나올 울음이다
저 밑바닥 지하 냉골에 저장된
고이고 잘 삭힌 노래다

그러니 떠나라
길 떠나는 자만이 누리는
불안과 불온과 부당함을 걸어서 가라

가당찮은 날개를 펼치듯
돛을 달았으니
응당 앞서 올 바람이다

바람아,
천 리를 가는 말 울음을 길게 울어라!

방

빛 속에 가두었어
청자빛깔 젊음
아니 젊다고 하기엔
젖내 나는 환한 긴장

사진관 문턱을 밟을 때마다
3×4cm 방에는
마를린과 푸른 리즈*처럼
늙어가는 여자가 있다

제 무덤을 가지고 태어나는 희망을
어쩌자고 자꾸 확인하는지

무지갯빛 꼬리지느러미가
헤엄쳐간 주름진 기억의 강변에서
발 담근 조약돌 하나 힘껏 던져본 아침

통조림 속

같은 크기로 재단된 참치 얼굴이
궁금해졌어

* 미국 화가 앤디워홀의 작품명

오, 로라

바닥이 바닥을 만난다

하늘과 바다가
서로를 딛고 만나듯

바람이 구름을
밀며 밀리며 흘러가듯

강물이 강기슭을
훑어가며 꼭꼭 눈여겨
그리움에 부풀어가듯

맨살의 마음이
껍질에게 하듯

바닥이 바닥을 읽는다
단단하게 서로를 밀어낸다

나의 맨 마지막 남은 말
사랑한다라고 읽힌다
(읽는다…)

발바닥으로 발바닥으로
바닥을 힘차게 밀어낸다

내 가장 심연에 있는
어느 별나라 북극에나 가 있는 너

(너에게 간다…)

젤소미나가 돌아왔다

걸어온 자국마다 반달이 뜨고
초승이 남는다

푸른 잠파노를 기억하는 파도가
바다를 장악하고 있는
지난밤

엄마는 한사코 바다에 가고 싶다고 했다

알래스카를 가야 했다
이글루 안쪽에서 엄마와 생선을 구워 먹고
하얗고 포근한 북극곰을 덮고
차가운 별을 세어야 했다

가슴에 남은 불을 꺼야 한다고
이러다 집을 다 태우고 말 거라고

불붙은 집까지 밀려오는 파도를

해당화 몇 그루가 막아섰지만

밤마다 사그라드는 바다에는
은빛 돌고래가 자살을 했다

한낮을 차력하는 햇빛 아래
잠파노가 다시 눈을 뜨곤 한다

자목련, 그녀

봄을 당겨
꽃을 피워 문다

횡격막 안쪽으로
문풍지 해바르다

그늘도
펑퍼짐하게
등을 지져대는 오후

아직 남은 꽃을
비벼 끈다

아래로 수북이 재가 남았다

피울 봄이 남았을까
새가 지나간다

눈물

울산 반구대 암각화에 새겨졌다는
그 고래 말이야

여러 사람의 식량이 되고
목숨이 되고
고마움이 새겨진
그때 말이야

목숨을 건 사투 끝에
잡고 잡히는 그 치열한 바다가
인간의 기억이라고만 하기엔
서글픈 기록이라서 말이지

고래뼈에 붙어있던
살점 같은 노래들이 바다를 울렸을 거야

바다는
남은 물고기들에게 노래를 물리고

지느러미를 흔드는 치어들에게
숨 쉬는 법을 가르치려 했는지 몰라

어쩌면 어쩌면
가득하게 밀려오는
노을을 받아먹고 자라는
가쁜 숨 한 줄기가

매 순간
수평선을 기울게 했는지도 몰라
파도가 그 곡조를 이해하고
달이 뜨고는 하잖아

바람은 반구대 암각화에 새겨진
그 서글픈 허기를
가리려고 하는 모양이지만

바다 너머에 남기고 간

노래와 노을이 저렇듯 생생해

바다, 저 고래
다 뜯어먹어도 여전히 허전해

매운탕집 가는 길

'얼큰한 매운탕 생각이 나는 걸'
사람들이 그렇게 이야기할 때, 왜 그런 생각이 불쑥 떠오
르는지 사람들은 모른다 한때 暴走를 즐기며 등지느러미,
꼬리지느러미에 불이 나듯 뜨거운 정오의 심장박동과 떨
어지는 해의 높이를 재는 이성이 뜨겁다가도 시리고 시리
다가도 뜨거워 어쩌지 못한 시절을 그리워하는 때문인 줄
모른다 깜깜한 밤바다의 옆구리로 부딪는 파도가 간지러
워 못 살겠다는 그것, 싯푸른 동해바다일 때도 바다로 등
을 대고 누운 인천 앞바다의 노을일 때도 그것은 나름의
핑계이거니와 내 음모 또는 계략임을 아는 이가 없다

들숨과 날숨으로 덩치만 키우는 고래도 우스웠던 것이다
흰수염고래의 들숨으로 헤엄쳐 들어가 날숨으로 조롱하
던 날에는 바다도 돈짝만 하게 보였던 것이다 바다보다
너른 세상을 향유하겠노라고 미끼가 되어 온몸 투신한
날 나는 실한 매운탕감의 대구였는지 회 뜨고 남은 광어
였는지도 모를 일이다 이름도 잊은 기억의 물관을 지나
바다를 모르는 아이의 혈관을 타다가도 노쇠한 지팡이와

더불어 노을 같은 걸음, 느린 심장 소리로 걸어가다가도
어찌할 도리없이 펄펄 끓던 젊음과 거기 꿈틀거리며 숨
쉬고 있을 고향이 눈이 짓무르도록 보고 싶은 것이다

바람이 싱싱한 미역 내음을 입고 건너오는 날은 밀물과
썰물이 지나간 기억이 뻘밭 같다 깊은 뻘 속 갯지렁이 한
마리, 괭이갈매기는 건져 올렸을까?

붉은 해가 바다로 들어간다 아, 그때 첨벙!

내 젊은 날의 경주를 기억하는 이가 세상에 없어 내 기억
이, 젊은 날의 추억이 벌겋게 눈 뜨고 불어 터져서 죽은
시체처럼 떠오른대도 나의 열망을 끝나지 않은 갈증을
어쩌지 못하겠노라고 매운탕집이 터져라고, 바닷가가 미
어 터져라고 사람들이 몰려드는 것이다

새벽

오늘

거미집에 걸린 악보에는

구름의 기억을 실은 바람의 가사

별들을 건너온 곡조

노래들의 물집만 한 가마니

추수한 연주가 실렸네

오른쪽으로 그물을 내려

믿음으로 건져 올린

울음을 엮어 만든 노래만

만 평 들에 젖겠네

떠도는 말들

감자를 먹는다

고흐를 생각지 않아도
아일랜드의 가난까지 가지 않아도
감자를 먹는다는 건
심심한 위로

풍성한 식탁에 놓인
먹먹한 슬픔 앞에
허기를 달래는 한 알의
주먹만 한 손수건

내 고향
강원도 영월에서는
감자를 고추장에 찍어 먹는데
밥과 반찬처럼
그 굵은 감자를 뻘건 고추장에

찍어 먹는데
찍어 먹는데
먹고 나면 개운하다

'아무도 울지 않는 밤은 없다' 는
어느 시인의 말처럼
밤이 오고

달그락 달그락
밤도 초승도 젖니처럼 흔들리는데

감자나 한 냄비 삶아
한 두어 개
후후 식혀 가며 먹어볼 일이다

감자, 그 민망한 허기를 들여다보는
밍밍한 말

목을 차오르는 슬픔에 익숙한 사람들의 양식이었으나

지금은 그저
싱거운 농담 같은
식은 감자 같은

가을 부근에서

강을 따라
한참을 흘러온 뒤에
강물처럼 불어나는 당신

떠나오는 게 아니었습니다
처음부터
당신의 뺨에 흐르는 이슬 한 잎으로
속이 덜 여문 작은 물방울
한 잎으로 머물러 있어야 했습니다

구름
바람
천둥번개가
당신을 문득문득 데려다줬을 때

당신은 사진처럼 젊었고
나는 너무 오래 살았습니다

햇살이 물결 위에 부서져
당신을 다 잊은 줄 알았습니다
잔잔한 물결이 기억을 모두 다독인 줄만 알았습니다

하지만 보십시오
가득한 당신이 일으키는 폭풍 한 번이면
일제히 서서 흔들리는
흔들려 송두리째 뽑힐 듯
깊은 밤을 매일 마주하고야 맙니다

달빛이
길을 내고
별빛이
길을 열어

간신히 당도하는 당신
흘러가는 일이
이렇게 환하게 저물기도 하여

춤

—바람의 출생에 대하여

: 플라타너스 이파리는 알고 있다.
생애 첫가을이 마지막 춤을 추기에 적합하다는 것을…

올해가 일생이니
겪어본 적이 없는 계절이야
그럼에도
바람을 읽어 낼 수 있겠어

악보가 내 몸속에
있었던 것 같아

나이테가
기억의 탯줄에 심은
그 음이 나를 읽어내나 봐

봐봐
누구나 흔드는 바람이지만
누구나 흔들리는 게 아니라고

까딱없는 저 전봇대
불변의 견고가 태생인 척하는 아스팔트

나는 춤을 좀 춰야겠어
이 공간을 당겨 흔들어야겠어

뻣뻣하던
바람이 당겨 와
냉정한 가슴 왼쪽께로
두근두근 달빛이 휘영청 와

새로 돋은 상처처럼
파리한 별들이 가득 흘러와

차갑고도 따스한 눈물이야
머리맡에서
말을 잊은 입술까지
부서지는 가슴까지

바싹 말라 버석거리는 우물까지
다 흘러오고 있잖아

거리가 몽땅
한 줄을 타고 있다는 듯
누구나
마지막 춤을 출 때가 있다는 듯

이 밤이 온통 너울너울
가을이야

넌 누구냐

저는 감자별에서 온 감잔데요
여기가 너무 더워 초록 안테나가 섰어요
이건 위험 감지 안테나인데요
안전한 지역에서는 절대로 나오지 않는답니다
독이 오른다는 건
상대방이 두려움에 떨고 있으니
주의하란 뜻이지요
그럴 뜻이 없지만 독이 오른 이상
두려움은 더 커지기 마련이니…
그대를 아프게 할 마음이 아니었으니…
저를 쪼개서 눈 하나씩 심어 주세요
감자별로 돌아갈 때가 되었어요
여기선 할 일을 마쳤으니
기쁠 일 하나로 울퉁불퉁한 감자별에서
별일 없으면 만나요

파안破顔

이미
마음이 우거진 숲으로
녹음이 짙은 그 연못가로
햇살이
왔다

폭풍의 즉흥곡이
심장을 두드린다

물결이 인다
중력을 넘어선다

뺨이
입꼬리가
그을린 마음이 다아

올라간다

한꺼번에
묵직한 호흡들
공중부양하다

그리고 Fine

밤새 달그락거리는 봄비
소리를 듣고
아침 샤워를 한다

오늘도 떨어져 나간 타일
한 귀퉁이를 데리고 나와
시원한 무국을 끓여 먹는다

햇살은 따스하고 사랑스러운데
곡예를 하듯 어지러운데
아득하게 좋은데
좋은데

라일락 향기가 골목으로 들어온 뒤로
여름으로 가는 길목이
한층 더 황홀하게 멀미가 나
참 좋은데

이제는
굿바이 젤소미나

길마다 청소한 듯 화창한 봄날의 끝자락
구름이 저 끝에서

안녕 젤소미나
안녕 마또

그리고 타일 조각이여 안녕

제4부

굿모닝 해바라기

까맣게
충치먹은 어금니가
다 보이도록 환하게 웃으시던
울 엄니 생각이 나야

매일
꼭 지금처럼만

웃
어
라

너 땜시 하늘도
파안대소 안 허냐

얼굴
—별이 지다

어이
거기 빗살무늬 별자리

살짝 기울어진
네가 흘린 무수한 별빛 중
첫째 번 바위별이
늘 중얼거리곤 했지

저 아래
내려가 닿는 첫 순간을 기억해야 해

별을 흘려보내는
왼쪽 가슴께가 흔들릴 때
균형을 잃은 바닥을 들여다보며
곧장 한 곳을 향해야 해
라고 말이지

별이 지는 건

별이 진다는 건 말이지
또 아기별이 으앙으앙 우는 건 말야

오래 전 누군가
에덴 가까이에 심어 두고 온 이름들
그 이름을 부르는 거라잖아

기울어지는 사명을 들어
마구 허비한 별빛

지는 어둠이 눈부셔 눈을 다 감았을라나
가장 오래된 것이 날마다 새로운
제일 어두운 곳에서만 밝은

어이, 거기
빗살무늬토기 별자리

서해

누이는 정작 계절 없는 나라에 살거든

그 가난한 누이가 해득해득 웃으면
주위에 둘러앉아 뜨는 것이 다 해라서
계절은 영문을 모를 테니

헤프게 뜨는 해는
누이의 가슴으로만 져서
그늘진 바다가 온통 환해진다네

칭얼대는 동생을 업고
엄니 젖꼭지 같은 달을 물리러

어린 누이는
시름 잊은 바다를 밀려갔다 밀려오곤 했다지

잘박잘박
물에 불은 누이 고무신

밤새 업고 걸어보겠는데

이제 그만 내려놓아
해 뜨겠다

누이의 눈썹 아래로 달이 지네

오동꽃

약사사 오동나무가 생각나야

하얀 조약돌을 깔아놓은
오동나무 아래로
보랏빛 오동꽃이 다 져블믄
그 참혹한 모습이
눈물겹게도 고와야

호야 언니 말에
한번은 보고야 말겠다고 벼르다가

아야 말아라
그 오동나무가 아니더라
풍경이 바뀌었다는 소식에
가보지도 못하고

하얀 조약돌 위로
보라색 꽃이 하염없이 흐르는

유월인가
팔월인가

소리 없이 건너오는
그 종소리
보랏빛 흰 종소리

가끔가다
뜬금없이 건너가는
닿을 듯 아직 지지 않은
그리운 오동꽃

거리에서

겨울 길목에서
삼바의 리듬을 만났다

발끝이 춤추고
허공을 날고
마침내 먼 남미의
바람을 맞이한다

열대의 리듬이 부서지고
눈부신 햇살이 저녁 하늘에 퍼진다
바람이 햇살을 흔들고
햇살이 박자를 읽어내고
이미 다 안다는 듯
너를 읊겠다는 듯
나뭇잎들이 음표를 띄운다

막 구워낸 음들이
못 견뎌 튀어 오르고

건강한 살갗들을 드러낸 가락이
고단한 마음을 어루만지듯
명랑하다

이미 다 건너왔다는 듯
내공이 윗길인
저 쾌활한 슬픔

남미의 햇살을 광합성 하다

가을, 아프리카

플라타너스 아래를 지나다가
코끼리를 만났습니다
춤추는 코끼리

커다란 발자국을
쿵쿵 울리며
허공을 날듯이
날아오르듯이

비대한 여름을 뒤뚱거리며
무슨 장단이 좋아
저리 춤을 추고 있나 싶은데

묶어뒀던 화환이며
궁금했던 물음들이며
생애에 대한 불안들이 모두
공중에 흩어지고 있는데

코끼리야
코끼리야
플라타너스 나무 아래
코끼리 발자국들아

쿵쿵
가슴에 떨어지는
네 발자국 소리에

묵직한 체중 하나가
쑤욱 내려갈 것도 같구나

진화 I

인터넷 통신을 통해 만나
혼외정사를 했다는
유부남, 유부녀의 소식을 듣는데
가을은 온통 은행잎 천지였다

뒷마당에 은행나무 한 그루
주렁주렁 은행을 낳고 있다

혹시 저 여편네도 통신을…
멀리 화려한 황금빛에 눈멀고 그새 정을 통했나
밤새 짖어대던 누렁이만 나무랐더니
아직 퇴화되지 않은 매파를 타고 시집간 그녀는
천 년의 사랑과 인터넷으로 통신했다고 한다

진화 II

전봇대가 나무에게 묻는다
요즘 주가지수가 어떠냐고

배달된 mail과 전자 상거래 물품을
빠짐없이 전달하고 있다
바람의 위성중계가
디지털방식 평면브라운관보다 선명하다

전선을 목에 매단 전봇대가
LTE급으로 헉헉대며 달려간다

화성인을 본 적 있나
음성인식 시스템을 작동시킨 나무가
수억 광년의 눈빛으로
별을 부르고 있다

겨울나무
—꿈을 연기하다

돈을 많이 벌면
나를 복제해 각 채널마다
내가 살고 싶은 삶을 연기하게 하는 거야

섹시한 마돈나
로마의 휴일에 청순한 오드리 헵번
까미유 끌로델의 불꽃 같은 삶
각각 다른 이름으로 살아가게 하는 거야

오징어 땅콩에
시원한 맥주를 준비하고
편안하고 넓은 침대에 기대어
리모컨을 쥐고 있는 나를 상상해

바람과 함께 사라진 클라크 케이블
왕과 나의 율 브리너
잠자는 숲 속의 용감한 왕자도
복제용품점에서 사고

하룻밤씩 바꿔가며
성감대를 자극하게 할 거야
가장 맘에 드는 것은 비디오로 녹화해서 보는 거야

이루어지지 않는 것이 있겠어?

— 60분 후 꺼짐 —
취침예약을 하고 나면
그 소리로 꿈을 꿔
그 빛들이 눈앞에서 꿈을 두드려

더 이상 새로운 아침은 필요치 않아
꿈은 계속되어야 해

　　"큐"

남산 블루스

세기말을 예감한
남산의 소나무 숲에는
밤낮 소문이 끊이지 않았다

새로운 우수종들은
가벼운 입김만 불어도
우우
교태 어린 소리를 내며
제 몸을 감았다 풀었다 하고

황사 낀 하늘처럼 뿌연 신문 지면마다
도시 산성酸性에 길들여진
잘록한 허리를 원할 때

불임 유전자를 가진
솔방울들이
밀레니엄 베이비로
등록되고 있었다

안개 낀 날엔 영락없이

세기말 출생 신고로
동사무소마다 불안이 술렁인다

개복사꽃이 피어

한쪽 담이 허물어지고도
대문에는 제법 '개조심'이라
충혈된 글씨 붙어있는 옛 기와집

빌딩들 수직으로 서 있는 숨찬
틈, 그 집 마당에서
고개를 내밀고 건너다보는
개복사꽃이
개복사꽃이

비스듬히 기울어가는 기울기를 메우려고
살짝 한쪽 발끝이 더 들린 쪽으로
와락, 지붕을 이었습니다

그 개복사꽃이
발갛게 도장버짐 번지듯
종일토록 가려워

허방을 디딘 바람

우르르 우르르

그 집을 지나갑니다

오래된 겨울

그대가 아프다면 봄도 오지 마세요
저만치 웃는 복수초도 오던 길 그냥 가세요

꽁꽁 언 채로
강바닥으로 흐르는 물소리나 흘려보내고
내내 우리 그냥 겨울해요

그대가 서러운 봄이라면
그냥 추워서 손 맞춰 비비며
서로 떨리는 어깨를 기대며

딱딱 마주치는 이빨을 드러내고
입김 하얗게 서로에게
살아있는 침묵이나 건네는 그

겨울로 머물러요!

난 그대로 괜찮은 걸요.

봄이 언제든 오는 게 아니라는 걸
이젠 알아요

그대 어깨가 무거워 보여요.
만년설 참 오래된 풍경

저 아래께
봄이 간질간질하거나 말거나

저녁을 차리는 시간

부엌 쪽 창문으로
가끔 새가 날아오른다

새는
날개를 펼치고
그림처럼 떠다닌다

생각을 비우고
마음을 비우고
욕심도 버렸을까

어쩌면 새가
먹이를 위해서 날지만은 않는다는 것이
자꾸 마음에 쓰인다

끓는 냄비 속 둥둥 떠 있는
국물용 멸치 몇 마리가

꼭 자기 생만큼 우려지는 것만은
아니라는 듯
꼭 그것이 서글픔만이 아니라는 듯

하늘 가까운 창가
비릿한 상차림에는
짭조름한 노을이 차려지기도 한다

일기 日記

바람이 좋다
이맘때 누리는 호사다

"언니 옆엔 좋은 사람이 참 많아."
잠시 울컥했다

저녁을 훌쩍 넘긴
여름 끝자락을 살짝 들어 올린
선선한 바람을 천천히 만끽하고
돌아오는 밤

한 사람
한 사람
와서 인사를 하고 지나간다

정말 모르고 살았더랬는데
맨날 왜 나만 찬바람 맞는가 했는데

다들 고운 얼굴들

때로 서운하고 서러운 날에
만나 생채기를 준 일도 있지
도저히 납득할 수 없는 경계의 벼랑에서
위태했던 날도 때로 있었지

바람이 쏴아~ 하고
별을 부르고
치마가 너른 어둠이
몸을 기울인 시각

이제야
나를 용서할 수 있을 거 같다

−바람 속에 풀벌레 소리가 섞여 있다. 울음이겠지만 울음
일지도 모르지마는 가만히 들어줄 뿐이지만… 그래도 니
가 있어 줘서 참 고맙다.

새

그래!
지상에 온전한 삼발이들은
모르는 게지

불완전한 이발이들의
뒤뚱거림을

대개
이발이들은
하늘에 적籍을 두고 있다는 것을

접은 날개를 활짝 펴
날아오르는 날엔
외발 타는 해, 달, 별들이 마중 나오는
아흔아홉 칸 하늘집이 들썩들썩한다는 것을

감성의 촉발, '통각apperception'을 펼쳐 보이다

고광식 (시인 · 문학평론가)

감성의 촉발, '통각apperception'을 펼쳐 보이다

고 광 식

1. 자의식으로서의 빗소리

꽃이 핀다는 것은 세계 속에 꽃이 그 자체로 존재한다는 의미이다. 바람결에 날리는 꽃내음이 허공을 진하게 문지를 때, 나비는 현란한 날갯짓으로 범주화된 꽃으로 들어간다. 이처럼 사물은 서로의 관계성 때문에 존재감을 생생하게 드러낸다. 그리고 꽃이 피는 것과 나비는 현재화된 상관관계로 존재 조건을 만든다. 꽃이 군락을 이루어 흐드러지게 피어나면 나비 또한 군락을 이루어 강한 리비도libido의 의지로 춤을 춘다. 이때 사물은 새로운 경험으로 떠올라 시각의 프레임frame에 잡힌다. 그러므로 시인의 감성이 촉발되는 시간, 통각은 의식 안에서 화려한 날개를 펴게 된다.

감성의 촉발에 있어서 금희의 시는 의식적 지각으로

상식화된 인식을 에포케 안에 묶어놓는다. 그 순간 기존의 일상적 태도에서 바라보던 코스모스cosmos적 질서의 시각은 무너지고 공간은 아무것도 존재하지 않은 백지상태가 된다. 따라서 판단이 중지된 물자체物自體만이 남아 "그래!/ 지상에 온전한 삼발이들은/ 모르는 게지"(「새」)라며 백지 위에서 새로운 의식은 끊임없는 지향성으로 치닫는다. 치열한 사유는 "불완전한 이발이들의/ 뒤뚱거림"처럼 새로운 감각적 확실성으로 현시된다. 결국, 새에 대한 새로운 의식의 자체소여성으로 "접은 날개를 활짝 펴/ 날아오르는 날엔/ 외발 타는 해, 달, 별들이 마중 나오는/ 아흔아홉 칸 하늘집이 들썩들썩한다는 것"을 보여주어 시적 주체의 의식을 창조한다. 사물에 대해 새로움을 지향하는 자의식은 "하늘집"이라는 물자체를 칸트처럼 자유의지 영역에 놓는 것이 아니라 "아흔아홉 칸"으로 배경적 지평을 구체화하여 넓힌다. 이렇게 의식의 프레임 안에 잡힌 사물은 감각적인 현실로 들썩거리며 현존화된다.

노마드nomad적 의식의 지향은 상식화된 지각대상인 수거미를 "와그작 와그작 씹히는/ 잘 여문 석류알 터지듯"처럼 생생하게 감각을 펼쳐 보인다. 그렇게 암거미에게 먹히는 수거미의 고통은 현실적이지만 리비도가 담보된 혈족보존본능으로 보면 적나라한 환상적 쾌락이다.

환상적인 한순간을 증명하는 '석류알'은 자의식이 사물을 지향할 때 나타나는 진리와 같은 의식적 지각이다. 사물은 자신의 감정 상태와 보는 위치에 따라 달리 보일 수 있지만, 그러한 고전적 방식으로는 후설이 말한 통각을 펼쳐 보이지 못한다. 그것은 배경적 지평을 지향하는 의식작용이 될 수 없기 때문이다. 후설이 적시한 것처럼 항상 새로운 경험들을 지향하기 위해 금희 시인은 자신의 의식적 지각을 감성화시켜 대상에게 다가간다. 감성화를 딛고 시적 주체는 수거미와 동일시되어 "몸이 부푼다, 지구보다 크다, 달보다 멀다/ 아! 어딘지 모르겠다"고 앎의 한순간을 유보하지만, 그것은 몸을 떠난 수거미의 순수 자아가 우주가 되는 순간을 드러내는 의식적 통각이다. 이와 같은 지평의 확장은 금희식 후설의 동반현존화이다.

자, 이제 '나'를 의식적으로 열어보자. 끊임없이 허공 가득 수직으로 수놓는 빗소리에 귀를 기울여보자. 생생한 감각소여에 둘러싸여 사물과 '나'를 통일시켜 보니, 새로운 감성의 지평인 빗소리의 의식이 불멸하는 감각화로 반짝이며 열린다. 감각적 떨림으로 출발한 의식으로는 흥분 상태를 가라앉힐 수가 없다. 빗소리는 곡이 되고 구름이 되어 허공을 떠돌다가 '나'와 사물의 연관 속에서 상관관계를 만든다. 강하게 실선을 중심으로 응집된 떨림은 주관과 객관이 하나의 통일을 이루는 절대지에 도

달한다.

　　구천 가닥 현을 무릎에 올려놓고
　　구천 가락 마디마디 곡을 칠 터이니
　　곱사등이 꽃잎은 나비가 되어라

　　구천을 도는 구름처럼 그대는 오라.
　　구곡간장을 타는 갈증을
　　짝실짝실 적시어서 앙금앙금 타 보리라

　빗겨 앉은 돌밭에
　말랑거리는 속씨들이 싹을 틔운다
　오, 사방 단단한 석질 터지는 소리

—「빗소리」 전문

시적 주체는 감각적 촉수를 내밀어 "구천 가닥 현을 무릎
에 올려놓고" '너'로 가기 위한 의식을 준비한다. 감각적
떨림이 너무 강하여 '나'는 구천 가닥 현인 '비'가 되고
'빗소리'가 된다. 감성이 촉발되자 비 내리는 공간에서
한 줄기 애련한 연민이 거대한 지평을 만든다. 그 위로 거
역할 수 없는 새로운 지평이 얹힌다. 세상에 꽉 찬 감정이
어느 사이엔가 수많은 감정의 충위를 만들며 허공으로

솟구친다. 그렇게 자유로운 무제약자 속에서 '나'는 춤을 추는 감정들로 "나비가 되어" 충만한 지평 안에 존재한다. 홀로 떨어져 존재하던 '나'는 나를 버리고 대상인 사물로 다가가는 의식을 따라간다. 너에게 다가가 감성적인 소여given를 껴안고 '곡'을 치니, 내가 꽃잎이고 나비이다. 이렇게 감성은 "구곡간장을 타는 갈증"이 되어 스스로 빗소리에 젖는다. 촉발되는 감성이 너무 강하여 의식은 "말랑거리는 속씨들이 싹을 틔"우는 찰나를 도도하게 바라본다. 그러므로 통각이란 "오, 사방 단단한 석질 터지는 소리" 속에서 새로운 의미로 꽃을 피운다.

2. 항상 능동적인 통각들

금희 시인은 삶의 영역을 세계로 넓히고자 끊임없이 의식을 촉발한다. 의식은 반짝이는 감각적 날개를 달고 망막에 비치는 개체를 향하여 조심스럽게 날아간다. 세계는 자체소여를 하는 각각의 사물들로 하여금 무규정적 공간 안에서 낱낱이 실체를 드러낸다. 인간 또한 동질적인 모습으로 희로애락의 주름을 만들며 독특한 색깔로 빛난다. 금희 시인은 인간이 자연을 초월하는 존재자가 아니라 거기에 내재한다는 것을 시로 애틋하게 펼쳐 보인다. 시인의 감성에 감응하여 꽃들은 색깔을 담아 노래하고, 하늘에 떠 있는 구름은 흐름을 멈춘다. 이러한 의식

적 지각으로 "산세베리아가 동사했다"는 것은 동일시의
감정 때문에 '나'의 한 부분이 무너진 것을 뜻한다. 따라
서 레게의 리듬인 4분의 4박자로 단순하면서도 감정을
통일하는 의식은 진행된다.

저기 솟은 해가 뚱뚱해 뚱뚱해 뚱뚱해
바퀴벌레 쥐며느리 동장군은 비겁해 날렵해 홀쭉해
고향의 노래를 불러줘 검은 땅과 비릿한 풍요에 감사해
열대에 풍만한 바람을 기억해 물큰한 향기를 들려줘

혈관을 타고 흐르는 저 이글대는 열대의 혈액
일렁이는 파도의 시푸른 이빨로도 다치지 않는
야이야이야이야 허 이야이야이야이야 허

빛나는 야생의 나팔 번뜩인 포효하는 별빛
뜨겁게 달리는 전사의 함성이 멈추지 않게
그치지 않는 태양의 노래를 기억해 불러봐 들어봐
야이야이야이야 허 이야이야이야이야 허

—「미안하다, 산세베리아」 부분

시적 주체는 "저기 솟은 해가 뚱뚱해 뚱뚱해 뚱뚱해"라고
레게풍으로 노래 부르기 시작한다. 레게의 리듬은 감성

을 촉발하면서 단순하지만 아주 서서히 산세베리아 속으로 들어가 슬픔을 생성시킨다. 시적 주체는 식물의 죽음 앞에서 자연과 동일시되는 감정을 경험한다. 산세베리아는 열대 지방의 건조한 평야에서 자연의 한 부분으로 자라고 사멸해야 하는 운명을 가진 존재이다. 하지만 인간의 문화에 적응하려 노력하다가 지난겨울 산세베리아가 동사했다. 죽음을 목격하고 시적 주체의 감성이 지각화되어 산세베리아로 향할 때, '나'는 "혈관을 타고 흐르는 저 이글대는 열대의 혈액"처럼 뜨겁게 현존한다. 시적 주체와 산세베리아는 서로 딛고 있는 곳이 달라야 한다. 그래야 서로 살고자 하는 에너지가 강해져 자연의 부분으로 평등해진다. 하지만 가축처럼 인간의 문화 안으로 들어온 순간부터 산세베리아는 이질적인 환경 때문에 고문을 당하는 존재가 된다. 식물은 인위적인 목적의식에 의해 고유의 빛깔을 잃고 철저하게 타자화된다. 시적 주체는 이렇게 타자화되어 죽어간 산세베리아 앞에서 "아이야이야이야 허 이야이야이야이야 허" 리듬을 타며 대자존재로서 인간과 식물은 동질의 것이었다고 의식화한다. 의미를 담는 것보다는 의미를 제거해야 시적 주체나 산세베리아 모두 무규정적인 공간에서 자유로워질 수 있기 때문이다.

저는 감자별에서 온 감잔데요

여기가 너무 더워 초록 안테나가 섰어요

이건 위험 감지 안테나인데요

안전한 지역에서는 절대로 나오지 않는답니다

독이 오른다는 건

상대방이 두려움에 떨고 있으니

주의하란 뜻이지요

그럴 뜻이 없지만 독이 오른 이상

두려움은 더 커지기 마련이니…

그대를 아프게 할 마음이 아니었으니…

저를 쪼개서 눈 하나씩 심어 주세요

감자별로 돌아갈 때가 되었어요

여기선 할 일을 마쳤으니

기쁠 일 하나로 울퉁불퉁한 감자별에서

별일 없으면 만나요

—「넌 누구냐」 전문

근대의 기계론적 자연관으로 인간은 모든 사물을 "저는 감자별에서 온 감잔데요"처럼 공포에 떠는 존재로 타자화시킨다. 세계 속 주체들은 유신론적 실존으로 위안받을 수 있었다. 왜냐하면, 자신의 유한성을 발견하고 초월자의 존재를 자각함으로써 니힐리즘을 극복할 단초를 마련할 수 있었기 때문이다. 하지만 사르트르가 무신론적 실존주의를 선언할 때, 세계 속의 주체들은 '위험 감지 안테나'를 세울 수밖에 없는 상황으로 돌입하게 된다. 우리는 사르트르의 주장이 너무 강해서 "안전한 지역에서는 절대로 나오지 않는답니다"라고 고백하며 방어기제를 만들 수밖에 없다. 감자에 투사된 '나'는 신이 죽은 땅이 두렵고 자유는 책임을 동반하기 때문에 니힐리즘nihilism은 깊어진다. 따라서 금희 시인은 시적 주체에게 감자별이라고 하는 현실화된 유토피아인 헤테로토피아 heterotopia를 만들게 한다. 그리고 나지막하게 "감자별로 돌아갈 때가 되었어요" 고백하기에 이른다. 감자가 틔운 싹 안에 실존주의 철학이 녹아있고, 현실화된 유토피아의 땅이 존재한다. 이렇게 생생한 의식으로 둘러싸인 '너'는 곧 '나'이다.

내 마음밭이 온통 허공이라고 치자 그 허공에도 어느 해인가 봄이 오고 햇살이 몸을 비벼가며 허공을 채우기 시작했다고 치자 그리고 시커먼 고목이 되어버린 나무 한 그루에서 잠에서 깬 듯이 꽃잎인 듯이 노랑나비 하나가 살포시 떠올랐다고 … 봄은 이내 갈 테지만 그 봄빛에 어울리는 노랑나비로 사라질 테지만 그 나비의 날개 위에 마음 둥실둥실 떠오르고 세상의 중력에도 발꿈치를 사뿐히 들었던 그 순간

이 있었다고… 봄은 사라지지 않고 날갯짓하며 날아간다고
치자 사라지지 않는 것은 다시 돌아오더라고 그렇다고 치자
—「나비처럼 날다」 부분

돈을 많이 벌면
나를 복제해 각 채널마다
내가 살고 싶은 삶을 연기하게 하는 거야

섹시한 마돈나
로마의 휴일에 청순한 오드리 헵번
까미유 끌로델의 불꽃 같은 삶
각각 다른 이름으로 살아가게 하는 거야
—「겨울나무–꿈을 연기하다」 부분

우리가 발을 딛고 있는 이 세계는 능동적인 의식이 없이
는 한시도 살 수 없는 심리적 불안으로 가득 찬 시공간이
다. 그러므로 시적 주체는 나비처럼 허공으로 날아올라
자유로워지고자 한다. 하지만 나비가 아닌 내가 나비가
되기 위해선 "내 마음밭이 온통 허공이라고 치자"는 의식
적 지각으로 "잠에서 깬 듯이 꽃잎인 듯이 노랑나비 하나
가 살포시 떠올랐"다고 마음이 가는 곳을 더듬어 보아야
한다. 이제 우리는 감성과 지각으로 무장하고 떠나는 여

행에 대해 두려움을 가져선 안 된다. 설령 그곳이 안개와 같이 불투명하고 혼돈으로 가득 찬 카오스의 공간을 질서인 양 펼쳐 보이더라도, 우리는 새로운 경험들을 만들며 그것을 통각화해야 한다. 시적 주체는 지각의 손을 뻗어 직접경험인 "그 나비의 날개 위에 마음 둥실둥실 떠오르고 세상의 중력에도 발꿈치를 사뿐히 들었던 그 순간이 있었다"고 감각소여의 순간을 자기의식으로 말한다.

이러한 지향작용으로 금희 시인의 시적 주체들은 "돈을 많이 벌면"이라고 가정한 후에 "나를 복제해 각 채널"마다 "내가 살고 싶은 삶을 연기하게 하"는 능동적 통각으로 과학적 유토피아를 상상한다. 아, 감성의 촉발로 '나'는 현실화된 헤테로토피아에서 "섹시한 마돈나"가 되었다가 "청순한 오드리 헵번"으로 포기해버린 꿈을 현실화한다. 금희 시인의 독자적인 헤테로토피아에서 우리는 각자 "까미유 끌로델의 불꽃 같은 삶"을 '나'의 삶으로 살 수 있게 된다. 그러므로 항상 능동적인 통각들은 의식이 만드는 질서 속에서 우리를 데칼코마니적으로 하나가 되게 만든다.

3. 생생한 감성의 지향

당신은 스스로 자연 자체에 내재하며 리비도를 발산하는 꽃을 본 적이 있는가. 한 줄기 바람과 함께 그 꽃으로 들어가 짧지만 한세상 살고 싶다는 감성의 소리에 귀를 기울인 적이 있는가. 만약 그렇다고 말할 수 있다면 당신은 자연 속에서 친밀한 동질자로 하나가 된 자연 자체를 경험한 것이다. 저 꽃이 나와 동일한 것이 아니고 자연에 존재하는 타자라고 생각하는 순간 우리는 모든 사물의 지배자가 된다. 그때부터 우리는 근대 자연주의의 시녀가 되어 결국 타자에게 그러했듯이 자신에게도 고문을 가하게 된다. 꽃은 스스로 피어나고, 스스로 자라고, 스스로 쇠약해지고, 스스로 사멸해간다. 스스로 내재한 힘으로 태어나서 발전해간다는 점에서 우리와 꽃은 동일한 의미를 지니는 생명체이다. 이제 우리는 감성이라는 촉수로 그려진 지도를 읽어야 하며 지도가 가리키는 길로 들어서야 한다. 그 길에서 '나'는 꽃과 함께 들숨과 날숨을 쉰다.

금희 시인은 사물과 함께 현존화하는 순간을 시적 주체를 통하여 통각적으로 보여준다. 그렇게 자의식이 있는 존재자로서 의식작용을 생생하게 팽창시킨다. 이미 근대의 기계론적 과학관은 감성을 이성적 프레임 안에서 분쇄해버렸다. 시인은 시적 주체에게 흔적을 지운 그곳을 딛고 빛깔과 색깔이 없는 지평을 바라보게 한다. 이제 우리는 감성의 촉발로 근대적 프레임을 제거하고 자연에 내재한 '나'를 찾아야 한다.

그러니 언니

오늘은 목련에게서 자고 갈래

목련이 지어놓은

환하고 둥근 잠

석 삼일 치만 자고 갈게

—「외박外泊」 부분

고흐를 생각지 않아도

아일랜드의 가난까지 가지 않아도

감자를 먹는다는 건

심심한 위로

풍성한 식탁에 놓인

먹먹한 슬픔 앞에

허기를 달래는 한 알의

주먹만 한 손수건

—「떠도는 말들」 부분

목련을 보았다는 것은 후설 식으로 말하면 지각이 한 사물을 지향했다는 것이다. 그때 꽃향기로 가득 찬 배경적 지평을 지향하는 의식이 동반한다. 금희 시인은 후설의 지각처럼 감성을 촉발하는 방식으로 "그러니 언니,/ 오늘은 목련에게서 자고 갈래"라고 사물과 현존한다. 그러므로 애틋하게 부풀어 오른 목련 속으로 내가 들어가 하나가 되는 것은 생생한 경험이 된다. 우리는 자연 속의 동일자로 내가 너에게로 갔는지 네가 나에게로 왔는지 모르는 상태에서 한 송이 꽃으로 바람에 흔들린다. 이렇게 눈에 보이지 않지만 거역할 수 없는 끈으로 이어져 봉긋이 벙그는 모습은 서로 고립되지 않았다는 증거이다. 시적 주체는 두근거리는 설렘으로 타자가 된 목련을 동질적 자아로 만들어놓는다. 그러자 목련은 비인간화되기 전의 모습으로 환원되어 시적 주체를 맞아들인다. 물아일체가 된 상태에서 시적 주체는 "목련이 지어놓은/ 환하고 둥근 잠/ 석 삼일 치만 자고 갈게"라고 말한다. 아, 석 삼일 치만 자고 가겠단다.

시적 주체는 감자를 먹으며 우울하다. 모든 '자아'가 친밀한 동질자라면, 우리는 서로 사랑으로 충만해야 한다. 하지만 세계 안의 '자아'를 모두 타자화시켜 버린 근대의 자연관은 절대 나와 너를 동질의 것으로 두게 하지 않는다. 시적 주체는 불행하게 살다간 고흐를 생각하고, 아일랜드의 가난으로 감성이 촉발되어 괴로워한다. 우리의 기억 속에 남아 있는 감자로 표상되는 배고픔과 설움이 안으로부터 직관 된다. "먹먹한 슬픔"과 "허기를 달래는 한 알"의 감자가 핍진하게 이해된 것이다. 그곳으로 스며든 4·3제주항쟁을 그린 〈지슬〉이 화학작용을 일으킨다. '허기'가 깊은 산 동굴로 피신한 마을 주민들을 지금 여기로 불러온다. 이러한 감성의 촉발은 '나' 밖에서 소여되지 못한 것들에 대해 아파하는 일원론적 자기의식이다. 그러므로 "주먹만 한 손수건" 속에 새로운 의미요소가 담겨 있다. 그것은 너를 나로 환원하는 일원론적 숲을 발견하고, 그 숲속에서 부르는 통각의 가슴 아픈 노래이다.

봐봐

누구나 흔드는 바람이지만

누구나 흔들리는 게 아니라고

까딱없는 저 전봇대

불변의 견고가 태생인 척하는 아스팔트

나는 춤을 좀 춰야겠어

이 공간을 당겨 흔들어야겠어

　　　　　　　　　―「춤-바람의 출생에 대하여」 부분

네 삶의 방식은 자체소여이므로 감성은 항상 너에게로 촉발된다. 내가 너에게로 가지 않는 이상 우리는 서로에게 타자이다. 그러나 감성이 촉발되어 너에게로 가겠다는 신호를 보내면 타자였던 '너'는 심연으로부터 솟구쳐

올라 가슴을 연다. 따뜻하고 붉은 피가 둘러싸고 있는 곳으로 나는 들어가 현재화를 구현한다. 내가 너를 읽어낼 수 있는 것은 네가 살던 마을의 풍경을 알고 네 본질적 조건이 자유라는 것을 깨달았기 때문이다. 바람이 불 때 나는 자유로워지고 그 자유가 나를 속박하므로 춤을 추어야 한다. 나는 너에게로 간 경험이 있으므로 "누구나 흔드는 바람"의 의미를 안다. 이제 나는 가슴속 다양한 상처를 춤의 양식으로 씻어내야겠다. 상처는 꽃이 되고 무기력했던 나를 음표로 만든다. 그러므로 내가 추는 춤은 내 개인사의 상처로 층위를 만든 구름 같은 것이다. 춤사위 주위로 흐르는 눈물은 "이 공간을 당겨 흔들어야겠"다는 의지를 불러온다.

춤은 내 개인사의 희로애락을 세상에 고백하는 내밀한 의식이다. '기쁨'은 하늘로 솟구치며 날갯짓하고 '노여움'은 푸른 파도로 끝없이 넘실댄다. 그리고 '슬픔'은 난분분 꽃잎 되어 떨어지고, 한껏 들뜬 '즐거움'은 회색 도시를 노을빛으로 물들인다. 이처럼 생생한 감성의 지향은 지금 여기의 공간에서 한순간 에피파니epiphany를 펼쳐 보이는 기제로 작용한다.

4. 에포케, 그 잠깐의 침잠

새로움을 찾기 위해선 생각을 일단 중지해야 한다. 즉 상식화된 판단을 보류했을 때, 사물은 사물 자체로 고고한 아우라aura를 발하게 된다. 그 고유한 에너지가 은폐되기 전 '나'는 사물의 내부로 깊이 들어가야 한다. 그렇게 사물과 하나가 될 때 그것은 본래의 얼굴을 찰나적으로 드러낸다. 너와 나는 에포케, 그 잠깐의 침잠이 중요함을 인식해야 한다. 그때 우리는 사물로부터 에피파니의 꽃이 피어오르는 것을 보게 된다. 비로소 '나'는 새로운 의미요소를 찾아냈다는 느낌 안에 현존한다. 따라서 금희의 시는, 지각의 손을 뻗어 사물 속에서 의식이 통합되는 통각을 찾는 데 목적을 둔다.

아파트 20층에서 보면
가끔,
정말 드물지만
새가 물고기처럼 헤엄을 치듯 날아갑니다

그러면 차차
어항 속에 있는 것이 나인 듯
이상한 착각이 들곤 합니다

〈중략〉

146

어쩌면 어항 속에서 보는 것들은

모두 물기를 머금기 때문인지 모르겠습니다

등지느러미가 바로 섭니다.

오늘은 새가 날아간 곳으로 다녀와야겠습니다

—「가끔, 물고기」 부분

시적 주체는 지각의 손바닥 위에 "새가 물고기처럼 헤엄
을 치듯 날아"가는 현재를 올려놓는다. 새는 지각이 만들
어놓은 의식 안에서 끊임없는 날갯짓을 한다. 그러면 "아
파트 20층에서 보"게 되는 배경 때문에 새는 물고기로 변
한다. 사물은 지각의 프레임에 걸리는 순간, "정말 드물
지만" 새로운 모습으로 진리의 지평을 보여준다. 그러니
시인은 의식적 지각을 멈출 수 없다. 지각이 사물을 더듬
을 때마다, 사물은 시인의 머릿속에서 새롭게 태어난다.
시인의 깨어있는 감성은 창밖에 보이는 사물을 기존의
통념적 사슬로 묶는 것을 거부한다. 창밖이라는 프레임
에 걸린 것은 이미 규정된 세계로 사물이 들어왔다는 것
을 의미하므로 우리는 아우라로 감싼 날것 그대로를 보
지 못한다. 따라서 새로운 세계를 지향하고자 하는 욕망
은 지각을 가슴에 품게 한다. 그리고 사물을 지향할 때 데
칼코마니적 행위로 새로운 세계를 연다. 이때 애틋하게

통일되는 의식은 "어항 속에 있는 것이 나인 듯" 서로 연결되어 "이상한 착각이 들"게 한다.

세상을 살아가는 '주체'들은 항상 생활 속에서 새로운 경험을 한다. 끊임없이 사물들은 주체 앞에 새롭게 등장하는데, 타성에 젖은 우리는 그것을 보지 못한다. 우리는 항상 낯익은 기시감에 둘러싸여 있다. 하지만 금희 시인은 에피파니에 대한 욕구가 강하여 "등지느러미가 바로" 서는 새로운 의미요소를 현존화 하는 데 열중이다. 이제 시인은 관습이나 규율을 무시하는 보헤미안bohemian이 되어 "오늘은 새가 날아간 곳으로 다녀와야겠"다고 지각의 날개를 펼친다.

푸른 잎사귀 뒤에

숨은 초록 벌레

빗방울이 투둑

인사처럼 반짝 뒤집는 통에

─「들통」 전문

그대가 아프다면 봄도 오지 마세요

저만치 웃는 복수초도 오던 길 그냥 가세요

꽁꽁 언 채로
강바닥으로 흐르는 물소리나 흘려보내고
내내 우리 그냥 겨울해요

—「오래된 겨울」 부분

금희 시인은 비가시적인 사물에 대해 깊은 애정을 품고
있다. 그 작고 사소한 것들은 큰 것이 존재감을 드러내는
세계에서 애매하고 분명치 않은 모습으로 자신을 은폐한
다. 그렇게 규정적인 세계와 시각적 프레임이 두려워 비
가시성을 방어기제로 삼는다. 작고 사소한 사물을 지향
하다 보면 자체소여를 하는 사물과 '나'는 하나가 된다.
왜냐하면, 시적 주체는 "푸른 잎사귀 뒤에/ 숨은 초록 벌
레"의 모습에서 '나'를 발견하기 때문이다. 가끔은 세상
이 온통 푸르러서 '나'도 덩달아 푸르러진다. 이 세상은
한번 살아볼 만하다고 푸른 희망의 프레임 안에 '나' 스
스로 들어가 꿈꿀 때가 있다. 바로 이것이 지각 대상인 풀
벌레에서 찾은 동일시된 의식작용이다. 그때 "빗방울이
투둑" 떨어져 '나'는 세상의 표면으로 초라한 모습을 드
러낸다. 세상 속에 있는 듯 없는 듯 살고 싶었는데, 세상
은 주름진 '나'를 거칠게 타자 앞에 드러내어 보인다.

엘리엇은 「황무지」에서 "사월은 가장 잔인한 달"이라고 양차 세계대전 후의 잔인성에 대한 내적 고백을 그만의 통각적 방식으로 노래했다. 수많은 죽음 위에서 꽃을 피우는 사월은 정말 잔인하다는 것에 우리는 공감한다. 이런 통각의 연장선에서 금희 시인은 "사월은 가장 잔인한 달"을 「오래된 겨울」이라는 새로운 버전으로 노래한다. 봄이 웃는 모습으로 오게 되면 세상에 맞서다가 상처투성이가 된 '나'의 트라우마는 끝없는 심연처럼 깊어지게 된다. 더불어 나의 자기보존 욕구는 한없이 추락할 것이다. 그러니 자신의 코나투스conatus를 높이기 위해 "저만치 웃는 복수초도 오던 길 그냥 가세요"라고 당부할 수밖에 없다. 엘리엇의 시처럼 "꽁꽁 언" 겨울이 오히려 우리를 행복하게 했다. 그래서 금희 시인은 간절한 심정을 담아 "강바닥으로 흐르는 물소리나 흘려보내"고자 한다. 그렇게 한세상 멜랑콜리melancholy한 감정으로 "내내 우리 그냥 겨울해요"라고 '너'와 '나'를 함께 은폐시키기를 원한다.

세상을 붙잡고 세상 속에서 현현하려 했으나, 세상이라는 거울이 깨졌을 때의 절망감이 우울한 방어기제를 낳는다. 에포케, 그 잠깐의 침잠은 새로운 의식작용으로 에피파니를 통각화하는 기제로 작용한다.

5. 통각의 파문이 일다

금희의 감성이 한 사물을 시적으로 지향할 때, 사물은 스스로 자아정체성을 애틋하게 실토한다. 우리는 시인이 촉발한 감성 안에서 사물이 고고한 자태로 아우라를 발하는 것을 목격하게 된다. 사물이 발하는 아우라는 강하지도 약하지도 않게 자연에 내재한 모습으로 우리와 함께 현존한다. 금희는, 감성의 촉발은 현존화이고, 통각은 새로운 정체성의 현존화임을 시 세계에서 보여주고 있다. 시적 주체는 지금 여기를 떠나 달로 여행을 간다. 그것은 달이 자체소여의 존재방식으로 그곳에서 빛나고 있으므로 가능한 것이다.

슬리퍼를 슬슬 끌며 달에게까지 걸어갔다 돌아오면
이내 몸에는 달이 들었다가 나간 자리가
모래 위에 발자국 모양 찍혀 있고
안개 낀 서해의 비린내처럼 달내를 묻혀 돌아오곤 하고
들어섰던 자리에 아직도 내가 마르지 않는
달방석 하나 오래도록 떠 있곤 하지 않던가

　　　　　　　　　　　　　　　　―「편애는 나쁘다」 부분

근대의 자연관을 버리고 떠나는 여행은 "슬리퍼를 슬슬 끌며 달에까지 걸어갔다 돌아" 올 수 있게 한다. 그것은 아날로그 문화가 지배하던 시대에 이웃집으로 놀러 갔다가 오는 마실과 흡사하다. 따라서 "달이 들었다가 나간 자리"를 생생하게 감각화하여 "모래 위에 발자국 모양 찍혀 있고"처럼 현존화할 수 있다. 시인은 달 자체의 요소를 인과적으로 분석하지 않는다. 대신, 아주 친밀한 동질자로서 "안개 낀 서해의 비린내처럼 달내를 묻혀 돌아오곤 하"여 안으로부터 이해한다. 시적 주체는 달과 친밀한 동질적 조화로 지금 여기의 에너지를 생성하고 발전시킨다. 시인의 감성적 촉수가 촉발하는 곳을 따라가다 보면 시인이 고백하는 '편애는 나쁘다'는 것이 '편애는 좋다'로 바뀔 수 있음을 알게 된다. 우리는 이곳에서 "달방석 하나 오래도록 떠 있"는 풍경을 바라본다. 그것은 치열한 통각 끝에 얻은 행운이다. 시인은 달을 살아있는 자체소여의 대상으로 환원시킨다.

　에피파니를 보기 위해 금희 시인은 지금 여기에서 감성을 끊임없이 촉발한다. 시인의 프레임에 사물이 걸려들었을 때, 사물은 능동적 자아가 되어 자신의 정체성을 고백하기에 이른다. 이처럼 감성이 촉발되자 통각의 파문이 일어난다. 그러므로 사물은 비은폐성 속의 구체자로 끊임없이 파토스pathos의 꽃을 피울 수 있게 된다.